情

詩　憶

話

《詩情話憶》編輯委員會

（依姓氏筆畫排序）

編輯委員

田啟文、張晏瑞、劉沛慈、錢鴻鈞

總策劃

錢鴻鈞

主編

劉沛慈

封面相片提供

陳奕愷、陳亭瑜、戴巧仔

Contents

目錄

馬偕主題的新詩創作集

台文系主任錢鴻鈞

　　半年前，配合學校的特色計畫主題，要各系以馬偕博士為真理大學重要精神無價財產，發揚光大一番，作為本校的特色。感謝學校的支持，台文系設計了近年來所發展的影視傳播實務與馬偕的身影作結合，加上臺灣文學系固有的創作能力，以及愛臺灣的精神，而與馬偕作為主題有絕妙的融洽之處。相信可以完全配合學生的就地取材，且體會會特別深刻，達到教學與實務能力的雙重成果。

　　我立刻把想法告訴相關老師，主要拜託田啟文老師的台灣地方文史工作課程與劉沛慈老師的現代詩賞析與習作，兩門課程來支援這個計畫「在地文創特色課程」。前者可以結合為電影製作課程的技術，後者是詩歌的創作課，兩位老師非常樂意的配合，修改了課程大綱，調整課程時間。大家共同合作，快樂無比。

　　而我們在學校經費的支持下，邀請王意晴老師做馬偕文史方面的演講、地方文史工作者蔡以倫老師的導覽解說、公視王建雄

老師在剪輯軟體技術上的支援。並請兩門課的學生都來聽演講，豐富對馬偕精神的理解。

而現代詩創作課程上，又找兩位名詩人張芳慈、王一穎來指導，前者特聘為台文系的駐校作家，後者則是台文系畢業的優秀創作者。由兩位帶領同學，也就是這本詩集的創作學生，一起來認識馬偕、歌頌馬偕，果然成果豐富。

因此，我要在此再一次感謝學校，還有上述任課老師與支援的老師、作家詩人。以及還要感謝萬卷樓出版社支援編輯、排版與出版，背後的工作人員正是在萬卷樓服務也是台文系任教編輯課程的張晏瑞老師。

現在我要說說，我的處女作小說也多次提到馬偕。特別是，我認為相對於孔子帶來的過份的倫理道德觀念，束縛人心，讓人變得虛偽，而老子莊子不也是說要回到質樸，實際上也造成虛偽。我說臺灣人應該好好認識馬偕這個真實的人，特別他愛原住民，仔細的觀察大自然與人生。馬偕偉大帶來新式教育重視科學，愛臺灣，娶臺灣女子，學台語，埋骨臺灣。我雖然沒強調他愛神那一部份，可是我覺得他更接近我們，他是更真實的人，也更值得我們學習與尊敬。

人生第一次聽到馬偕不知道什麼時候呢？國中是不可能的，高中嗎？我簡直沒有印象。就是大學時代，可能也不知道臺灣有這樣子的傳教士。而且更不會感受到他辛苦跋涉、遠赴花東，還有埔里也來過，總之，自己因為是原住民是平埔族，感到與馬偕

更為親近與感念。

　　我想我就是來到淡水的真理大學，親自在牛津理學堂大書院中，還有他從花蓮帶回的麵包樹感受到他的一切吧。我想起來，在1999年的牛津文學獎，我參與發表論文，我就住在馬偕故居的樓上過夜，與臺灣文學系第一任系主任張良澤教授，住在同寢室。那時，我絕對聽到了馬偕的名字，只是沒有進一步的去研究他。

　　後來2013年從麻豆轉到淡水校區教書，剛好他的日記中譯本出版，而中間也看了前衛出版社的馬偕傳記，也到隔壁淡水中學的馬偕墓園，常帶學生去。也從朱真一醫師那裡，探究馬偕的遺言所做的歌曲的研究過程，讓我更接近馬偕了。

　　從本詩集，約四十位同學在劉沛慈老師的帶領下，每個人做一首詩，歌頌馬偕，還附上一張與主題相關的照片。詩歌藝術表現當然值得讚頌，而取材角度，或者也有說故事的方式，真是豐富而驚人，深深的為自己有如許學生而安慰。我想同學們必然是沉思許久，又進一步的閱讀了馬偕的事蹟。

　　相信這本詩集，並非他們的第一本，而更是讓馬偕精神引領他們，認識更多馬偕的寶貴文化遺產，翻開馬偕更廣大的世界在他們眼前，在這馬偕所創立的大學中，有更多美麗與幸福讓他們倘佯著，我也一起跟著感謝上帝，身上有著榮光了。

鄉 | 許文馨

故鄉 你可曾在耀人的晨曦望見它

在日日晨起走過一街美景

孜孜不倦誨導著師下高足

也乘著杏林之光化解病痛

錯愕迫害

慈悲之胸終得仰慕

危殆仍搏命授傳一生識見

彌留

彌留之際

故鄉 你可曾在靜謐的月光望見它

詩情話憶

創作理念

　　題名為鄉是取諧音「想」，也同時有想家之意，由於馬偕的舊家遠在加拿大，內容使用開頭&結尾呼應的方式，從馬偕還身強體壯之時，從家宅中走出看見如我所拍的這張照片中的美景，想知道馬偕在這時有沒有想起家，中間內容簡要述平來台後馬偕受欺及創下功績的事，「師下高足」中的「師」指馬偕本人，「高足」指馬偕的學生們，「乘著」是一種意境的動詞，想像馬偕站在我照片裡拍到的那閃耀的光上頭，在天上化解地上人們的病痛，「錯愕迫害」意思是驚訝馬偕被懷疑、被不信任而遭到欺負，到最後結尾已經講到馬偕即將離世時，想知道馬偕在閉眼之前有沒有又想起了故鄉加拿大，「靜謐的月光」是講臨死前的寧靜，有種沉寂的意味，呼應及對偶開頭第一句。

福址 | 許文馨

福爾摩沙

就像第二個家

唸唸叨叨著

蘭蕙之妻

其名如人無異

心心念念著

穎悟子女

會意天資不怠

恬恬戀戀著

留愛人間卻不得不捨

留史於此令世人敬仰

詩情話憶

　　題名是指幸福的家，「址」不是用原本「福祉」的「祉」，原因是想表達的是「地址」的「址」之意，意為台灣的家，因為這張照片讓我想往馬偕的家為主作詩，唸唸叨叨、心心念念、惦惦戀戀都是相同的意思，但不是說距離遙遠而想念，而是馬偕對家還有家人都相當珍惜且愛著所以即使天天見面還是會在心、嘴裡想到或提及他們，「蘭蕙」是從蘭質蕙心中取字而來的，形容馬偕的妻子很聰明，下面一句是倒裝用法，原是人如其名，我將它倒成其名如人，但意思相同，「穎悟」之意是聰穎、很快能體悟道理，也是在說馬偕與張聰明所生的孩子都相當聰慧，「會意」是指通曉含意，「不怠」的意思是從沒停滯過，所以「會意天資不怠」的整句翻譯是通曉含意的天賦從來沒有停滯過，而最後要離開台灣、離開人間了只能捨下一切走了，只留下歷史但也讓所有人感謝、仰慕、崇敬馬偕。

緇夜 | 翁苡軒

你和我們都一樣

沒有不一樣

只是你覷覦了那

天國的寶藏

上帝沒有辜負你的渴望

帶你走了那一趟

你全心跟隨的道

人們多了一份盼望

在那些 夜裡

看見了曙光

創作
理念

　　馬偕和許多傳教士一樣，一生只為跟隨耶穌，揹起十字架，選擇走向那條充滿荊棘的道路。但其實他跟我們一樣都是人，只是他的勇氣更大，就算被四面攻擊，就算害怕，但他知道在他裡面的那股力量比世界更大。

突破 ｜ 葉軒愷

我

治病

創學堂

盡我所能地

散播主的福音

神秘的福爾摩沙

阻擋我神聖的使命

但教導我奉獻的意義

我在名為台灣的土地上

詩情話憶

創作
理念

　　馬偕博士來台宣教，一步一步讓台灣變得更好，在教育、醫療上更是貢獻許多，但在剛來台時並不是很順利，所以我用階梯式的創作方式凸顯馬偕博士的成就與困難。

腳步 | 張琇涵

走著走著
來到此地
河畔美景風光
吸引我的目光前行
突然
一陣風吹來
你的足跡
映入在我眼前
那一些故事
乘載了小船
那一只皮箱
裝滿了憧憬
那一本書是
敬重的信仰
飄洋過海的來了
看見
你辛苦的足跡
努力的奉獻
帶給此地
此時此刻的美好發展

詩情話憶

創作
理念

　　馬偕來台時，帶著滿滿的熱誠來到淡水這個地方，更辛苦的傳教，也為了這個地方付出貢獻。那些故事點滴，都在這個藝術銅像，表達他來過的足跡，即使他已經不再世上，但好像還看見他的偉大，再加上淡水美麗的風景夕陽，美麗的更加燦爛。

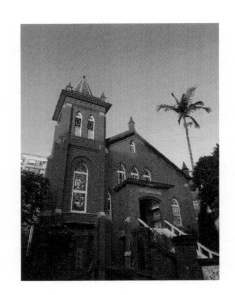

希望 ｜張琇涵

十字架的房屋

帶來虔誠的宗教

帶來精神的寄託

七彩繽紛的窗戶

帶來人心的平靜

帶來故事的敘述

這裡可以

放下生活上的

喧囂

吵鬧

只需要

誠心地祈禱

創｜作
理｜念

　　教會是馬偕帶了的宗教信仰，在這裡帶給居民精神上的寄託，也溫飽了需多人，也開始重視男女平等的開始。在建築上也中西合併的創新，七彩的玻璃窗，述說著基督教的聖經故事。這裡是一個讓人身心靈平靜的地方。

冬日煦陽 | 戴巧仔

在冬日，
有一抹陽光⋯⋯

是你，走至低窪處，
不離開每個沉重的呼吸，
每一口，都是希望。

是你，經死陰幽谷，
不放棄為每份恩典撒種，
每一顆，都是得救。

這片地，排斥你，
這片地，感恩你，

用一雙被祝福的腳，
讓普通的玻璃，成為藝術品。

彷彿在冬日，
有一抹和煦陽光，
擅自溫暖每處肌膚。

創 作
理 念

　　馬偕在台灣所做的每一件事、每一份堅持，就好像在寒冷的冬天，發散自己力所能及的溫度、亮光，讓許多人不致於感到害怕。也許是因著他熱愛台灣的心，也或許是他對於拯救人們有一個負擔，是他願意照著神的旨意愛每一個人。

福・英 | 戴巧仔

你平凡無奇的
孕育著希望

你生養眾多
卻不輕看每一朵

你相信能使每一角復活

所以你聽福音也傳福音
用你的味道
翻轉一切憂傷

即便
蕭瑟在風中
或
墜落在地上
被踐踏
被風化

創作理念

　　題目《福・英》，是福音的雙關用法，英的意思是花。主題由雞蛋花做為出發，它對於馬偕來說非常重要，因為愛上雞蛋花，所以將它帶回了家，我不知道，馬偕看著它的目光有多溫柔，或許是用充滿愛的眼睛去看，才能發現沒人看見的，潔白中含蓄的溫暖。我試著用同樣的角度看著雞蛋花，聞到了一種氣味——「屬於基督的味道」。它的花語是孕育希望、復活，我知道，那就是基督徒最熟悉明白的盼望。

馬偕 |陳孟汝

盼望的寄託的奉行的

北台灣啊
不是他的故鄉
卻是他想流淌於一身的地方

創作理念

　　因為馬偕的大半輩子都獻給了北台灣，甚至連墓地都放在淡江中學可見馬偕很愛這個地方，他對整個北台灣是有寄託的，因為他成家立業也是在台灣所以台灣也算是馬偕的第二家鄉吧，為北台灣的貢獻也不少。

牆 ｜李婕寧

紅色的磚牆

白牆旁留著盛放的回憶

種下的苗

麵包樹下的陽光

人們遮擋的光下

仰望歷史的軌跡

詩情話憶

創 作
理 念

　　想寫出古今淡水馬偕帶來當地的變化，和隨著時間風景的變化。

偕牧師 ｜楊奕杰

像極了長滿倒鉤的陽光

勾起希望和使命

不疼的！

聽我敲隆隆的鐘

老地方見

親愛的 老婆孩子台灣

創作理念

　　馬偕牧師的理想和作為是後人崇仰敬佩的，燃燒生命，不願同用不到的金屬般鏽去，馬偕的「生」被各文類作者歌頌，我不比他們寫「生」來得可看，所以我寫馬偕的「死」，寫馬偕隱忍病痛在學堂上的最後一門課。

　　馬偕遠赴來台是有目的的，為傳教宣揚耶穌基督，傳教就像倒刺，卻無法蓋去馬偕行醫蓋學堂的善舉，如同陽光般給受惠的民眾溫暖，單純的傳教因久留而愛上台灣，他教導學生，成立家庭，直到垂暮之年仍固守使命，將生命的最後一刻奉獻給台灣，實為感動。

注視 | 林惠婷

你佇立在這　停留在此
卻也不曾端詳過你。

是不是　被遺忘了？
被遺忘了在牛津學堂裡的點滴，
被遺忘了在常走的道路他也走，
被遺忘了在台幾十年來的貢獻。
是為何　被遺忘了？

我想　你應該在等我回頭嗎？
是的　你就在這裏一直如此。
原來　你所見的淡水不只是滬尾，
原來　我從不真的認識過偕叡理。

我路過於之　經過於彼
卻也不曾細細品嚐。

踏著你走過的足跡，
生活著、感受著、尋著、看！
這些都真真實實存在眼前呀！

　詩情話憶

創作理念

　　因為大家身為真理大學的學生，是最貼近馬偕的一份子，卻對他的故事生平不熟悉，所以用「注視」為主題，呈現出一種馬偕還在我們的身邊看著我們成長，但我們卻逐漸遺忘他的感覺，且馬偕墓園也在淡江中學，離我們很近，山下也有馬偕的銅像和馬偕上岸的雕像，處處都有他的身影，那為何我們卻沒有將他放在心中？就算我們不是淡水人，也應該要為真理大學和馬偕而感到驕傲。

馬偕 | 李品嫻

明明是外國人　卻像是臺灣人

因為有他　發達了臺灣醫療

因為有他　開始了臺灣教育

他說

感謝主　就是這個地方

我說

感謝他　創造這個地方

創作
理念

想透過這篇詩作告訴還不認識馬偕的人，他所對臺灣的奉獻，也想感謝他，為臺灣奉獻了很重要的資源，感謝他讓臺灣發亮。

信仰 |沈芳筠

那些人們帶給我們的
海風漸漸吹散了
只有紅瓦記得
那些我們所堅持信仰的
大樹沒說
只有落葉溫柔提醒

詩情話憶

創 | 作
理 | 念

關於馬偕的詩作，對他的印象在於來台傳教還看牙

最近香港的事件又很有感觸

支撐那些人們的信仰會是什麼

這裡的信仰不是那種宗教性質的

而是人們心中所相信的

歷史明明就擺在眼前

人們還是會為了替自己爭取而失去些什麼。

感謝 | 歐陽廷俞

謝謝你
在這裡救治人們
謝謝你
在這裡傳授知識

你拖著那病弱身子
也要告訴我們的事
我們會牢牢記住

詩情話憶

創 作
理 念

　　在牛津學堂老師和我們說到馬偕在得了咽喉癌後，直到生命
盡頭前的那堂最後的課，特別打動我。

是否　｜戚中芸

走過曾經你走過的街道

看過你曾經看過的風景

我眼中的台灣

是否跟你眼中的一樣美麗

我看到的夕陽

是否如你日復一日的閃耀

創作理念

　　走過了馬偕曾走過的地方看到了他可能每天都看過的美麗風景，不禁讓我思考，是否我眼中的美景跟他當年所看到的一樣如此美麗呢？而我想像中的他是不是也跟太陽一樣閃耀。

懷念 |郭人瑜

那一年，你飄洋過海來台

漫步在金色海岸

從此，你把滬尾當做家

為了台灣

你，無私奉獻

為了淡水

你，投入一切

現今的淡水

很美

夕陽灑下，那片金黃色的風景

是你曾走過的地方

謝謝你

詩情話憶

　　走在馬階曾生活過的土地，看著馬偕為了台灣而下的心血，以及，那些我沒有參與到，但卻被前人記錄下來的畫面，而有所感觸，此張照片是在往淡水老街的中途，沿著海岸拍下的夕陽。

馬偕　|吳凱明

你，建立了德行

從飽受苦痛的人民口中

你，建立了知識

從渴望求學的莘莘學子

你，建立了品格

從渴望救贖的迷途羔羊

你將你所做的一切

歸功於你的信仰

阿們

創作理念

　　以上次戶外教學聽到的馬偕相關事蹟，並上網查詢其善舉與建設，融合並加以改編，且針對馬偕所信仰的宗教用語來增添詩句的趣味性。

溫度計1 | 陳怡蓁

當我飄洋過海來找祢
而你　而你　忽冷忽熱
忽冷忽熱
對我笑　對我嘲諷
給我溫暖　給我熱情　給我依靠

是妳　是妳　犧牲支持
是妳　是妳　學習動力
讓我勇敢

　詩情話憶

溫度計2 ｜陳怡蓁

過了一個海我得溫度全都變了
一下冷　一下熱

過了一個海我的世界都變了
一下陌生　一下熟悉

到了淡水我的世界都狂了
一下刺激　一下愛上

認識妳　認識你　認識擬
一下溫柔　一下害怕　一下迎上擬得美貌

溫度計3 ｜陳怡蓁

懷念家鄉得溫柔；讓我仰望天空得藍

懷念家鄉得熟悉；讓我俯瞰淡水得美

懷念家鄉得熱情；找尋適合得美人歸

懷念家鄉得舒適感；找尋適合的建材

懷念家鄉得美景；於是我成家立業於淡水

創 作
理 念

溫度計1：是馬偕剛到淡水傳教時，因為語言不通，招到很多淡
　　　　水人的冷嘲熱諷，但他不放棄的精神。

溫度計2：但加拿大跟淡水的氣候不同，但馬偕努力適應外，還
　　　　把淡水視為第二個家。

溫度計3：馬偕思念家鄉的人事物，把淡水當成家。

這是我家 | 陳怡蓁

曾幾何時　風光明媚　白色家面　陽光普照　綠意盎然
何時改變　風景依舊　白色牆壁　陽光照美　卻　浪漫聖地
改變時代　風吹草動　白色建築　陽光養眼　可　歷史依舊存在
不知不覺　時光依舊　白天晚上　陽光月光　默默地　襯托婚紗
的美
且新人的誓言
卻成就了我不完美的婚姻
你們的浪漫　是我一生的渴望

但願未來的新人們，能帶著我歷史，擁抱幸福

創作理念

馬偕蓋小白宮的目的，即現在人在拍婚紗照時，會選擇小白宮拍。

留 | 鄭雅忻

聰明的我　愛上聰明的你

最後　我留在了這裡

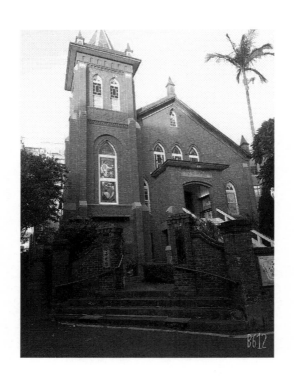

詩情話憶

　　聰明是馬偕老婆的名字，更是形容一個人優點的詞彙。

　　馬偕隻身前來淡水，他的聰明讓淡水變的比較不一樣以外，
更讓他所幫助過的人深深感謝他的奉獻。

一棵孤獨的麵包樹 | 陳亭瑜

百年前　他從花蓮來到淡水　矗立在此
看著來往的傳教士與漢人
享受成為他們生活中的一部分
享受成為稀客的風光

百年後　他依然在此
聽著孩子們的笑聲和來自不同國家的語言
但他卻只能遠遠的看著他們　隔著圍欄
遠遠的看著

多希望　行人們能看一眼
他伸出牆外的手

　詩情話憶

創作｜理念

　　這首詩的靈感是在一次關於馬偕與淡水的演講中，聽到老師說馬偕唯一一棵親手種植的麵包樹是從花蓮帶來的，就種在馬偕故居旁邊，如果把麵包樹想成人的話，他也是紀錄了100多年淡水風光的長者了。實際去看過後，發現麵包樹的周圍幾乎都被圍欄擋住了，我們只能遠遠的看著他，所以揣測了他的心情，他會不會覺得很難過呢？

　　這張照片是在小白宮外面拍下的，雖然並不是麵包樹，但選擇這張照片的原因是，這朵花，一開始我完全沒注意到，是經過朋友的提醒，才發現它長在如此特別的位置。樹長得很高，但我們有時只顧著低頭看手機，沒有抬頭看，就錯過了美好的事物。我想，這如同我想像中的麵包樹，有如此特別的意義，但我們卻鮮少去關注它。

英雄志 ｜陳雅婷

述其志，
為花雲，
隨著煙渺華，
入於天。

詩情話憶

創作理念

馬偕為文化教育及醫療奉獻許多，所以我聯想到馬偕一生壯志胸懷這方面，去做創作。

回憶 |曾譯卉

看著那馬偕銅像，想起我們

那曾經，屬於我們

只可惜，一切都已成為曾經

詩情話憶

創作
理念

　　我們每天生活在淡水，因此在這裡有許多回憶，因此將這些
情感寫進詩裡，讓它成為一個抒發心情的地方。

馬偕 | 吳郁婕

在這裡 沒有熟悉的味道

只有徐徐的涼風打在你的皮膚上

但 你卻願意放下一切

縱容著時間的攻擊

把自己最美好的人生

無私的

給了這裡

創作
理念

　　我選擇了馬偕上岸處作為這首詩的背景，因為這裡是他第一次到淡水的地方，如果他沒有選擇在淡水登陸，我們可能也不會有這麼漂亮的古蹟文化了，要謝謝馬偕為淡水帶來了改變。

美麗意外 | 趙婉渝

淡水河畔遇上懷抱理想的馬偕，
就是一場豐富又完美的歷史人生。

詩情話憶

創｜作
───┼───
理｜念

淡水河的美麗，成就馬偕博士一生豐富的故事人生。

讚賞 ｜謝文慧

人們用
「寧願燒盡，不願朽壞」
讚賞你對淡水的關懷

無私奉獻
所有擁有的一切
給這座寶島

創作
理念

引用後期人們給馬偕的評論來表達淡水對馬偕的感謝。
我很喜歡這句話，馬偕真的是淡水歷史上的偉人。

偉大的人皆 | 謝文慧

你五十七年的歲月裡
將二十七年贈給了淡水

早期原住民
使你受了很多苦
你卻從未知難而退

若你知道你的貢獻
都被完整的記載在歷史裡
心理是不是會感到非常欣慰

創｜作
理｜念

　　將馬偕在臺灣的這些年寫了出來，我想二十七年是一個漫長的時間。馬偕當年被潑糞、潑雞蛋，但他依舊沒有放棄。我想如果他有機會知道他是歷史上的偉人，會覺得很欣慰吧。

夕陽 │黃心榆

至遠方而來
走遍北台灣
孕育淡水的人文
從牛津郡至台灣
留下許多印記
被後人惦記

│詩情話憶

創作理念

以台灣八景，淡水夕陽

為所附圖片，描寫馬偕對台灣、淡水的關愛

馬偕 | 孫孟麟

你那深邃的眼眸

望著你的故鄉

堅定的眼神

訴說著當時的理想

身在異鄉

留下了你的知識

也留下了你的醫術

就算已經離去

世人也會留念

創|作
理|念

想到　我現在就讀的學校

還有馬偕醫院

就覺得他很偉大

留下了很多東西給我們

神 | 魏季溱

神愛世人

那年
無私灌溉所有人

爾後
化成太陽
繼續點亮他人生命

神愛世人

詩情話憶

創作理念

　　因學校是基督教學校，在創作時不斷想起「神愛世人」這句話。戶外教學時那天的夕陽很美，讓我覺得馬偕化身為照耀生命的太陽；繼續關懷臺灣。

值得 | 沈茗柯

這樣值得嗎？
離開楓葉的故鄉
在滬尾宣揚信仰

這樣值得嗎？
女子開始有才
民眾得到醫治

這樣值得嗎？
落地生根
永遠的居住在台灣

那 現在的我們值得嗎？

創｜作
理｜念

　　馬偕博士為淡水乃至於整個北台灣的貢獻是大家有目共睹的，大家在讚嘆及懷念的同時是否想過，享受這些的我們是否有認真的生活？是否認真的對待自己的生命？又可曾為了別人奉獻過自己，就像當初的馬偕一樣，而照片中淡水的夕陽依舊在那，彷彿替馬偕看著這片土地，或許有時我們該反省自己是否值得這一切擁有。

人民英雄 │黃品樺

民生困苦誰能知

唯獨一人願相助

不懼辛苦為民眾

傳唱齊名如馬偕

創作
理念

他是個不怕辛苦甘願為了民眾服務的偉人，所以想用讚頌的
方式來創作這首詩。

馬偕 ｜陳奕愷

是你讓我更喜愛淡水
是你讓我更了解基督

詩情話憶

　　有一天的放學，我用走的去捷運站坐公車，走著走著就走到
了星巴克前面的馬偕銅像，我停了下來，靜靜的享受那美妙的氛
圍。

最後的住家 ｜張欣瑜

而我存在的這個家鄉

很榮幸的

我能生活在這

不曾灰心

也就沒有太大的期待

生活在這

我很榮幸

創作
理念

　　馬偕把台灣當作自己的故鄉，也在台灣奉獻了自己的一生。
馬偕的遺言：「我不是『外僑』，我是臺灣人。」在我的詩作裡
提到了兩次的很榮幸是我認為馬偕把台灣當作自己的故鄉一定感
到很驕傲很榮幸。

偕牧師 | 李彥鋒

一人航行萬里路

只為了傳播信仰

傳教行醫的馬偕

擁有了無數崇拜

詩情話憶

創｜作
理｜念

我的理念是要讚揚馬偕，表達大家對他的崇拜與尊敬。

馬偕之讚 | 胡椀淋

涓涓淡水河

巍巍觀音山

不辭千里福音傳

一身白袍

救助鄉民送溫暖

一幢學堂

開啟民智解疑難

非我族類

情勝同胞

一生奉獻無所求

留名青史芳台灣

創｜作
理｜念

　　淡水河、觀音山、傳教福音、牛津學堂、留名青史，直接一語道出馬偕來台的功績。

無私 ｜鄭雅竹

像天使一樣無怨無悔，
在這裡拯救了無數生命，
像園丁一樣培育了許多人才，
也是冬天的暖陽，
淺淺的暖意，讓人充滿愛和希望。

創作
理念

　　馬偕在小小的房子裡面幫那麼多病人看身體的任何病痛，像天使一樣，然後在淡水蓋了第一間學校像園丁一樣孕育了很多人才，給了很多人唸書，跟他太太一起從事教育。

　　覺得馬偕是太陽給了人愛，希望，奉獻了他的全部。

豎立 ｜劉芳婷

我凝望著淡水
淡水凝望著我
一如昨日一樣
卻又有不一樣
人們匆忙走著
而我悠閒看著
我總靜靜的看
以及靜靜的聽

就彷彿我從未逝去一般

  詩情話憶

　　馬偕的這座雕像豎立在這多年，是淡水很重要的指標，所以我就寫了有關這座雕像的詩。

信仰 | 劉芳婷

我來自這裡
我深深地
愛著這裡
我的信仰救贖了我
也救贖了世人
我知道
終有一天
我將消亡
但
我也知道
我的信仰
將會持續走下去
它會代替我
繼續救贖人間

創作理念

　　馬偕是來自長老教會的，所以我想著馬偕雖然已經逝去已久，但是長老教會現在依舊還存在著，所以這首詩我是以長老教會和馬偕結合所書寫的。

渡海而來的虯髯 ｜林冠霙

一天

從海天線漂來一叢

黑

與一座疼痛角力

收穫了兩萬一千個感謝

我知道了！

我知道了！

你一定是耶穌洗臉時

洗下的

慈悲

不然為何要吩咐海水

把你沖來沾滿泥土的地瓜旁邊呢？

創｜作
理｜念

　　這首詩是想述說馬偕在台灣的行醫貢獻，他並不是只是口頭上的傳教，而是身體力行的去幫助台灣的人民，就如同耶穌的慈悲下凡來到人們身邊一般，有具體的感觸。

熱心冷情 | 林冠霙

啊

熱心熱情的牧師呦

你穿過千山萬水

你不辭艱辛勞苦

只為了傳送神的教導予那些落後的人們

啊

冷心冷情的牧師呦

為了你的神明

為了你的理想

你去娶了一位不知是否真心相愛的女人

牧師啊牧師

你的心究竟多少度呢？

還是說

蒸發給上帝

徒留一胸腔的空寂

創作理念

　　這首詩的創作理念是在對馬偕以及張聰明的感情提出疑問，從王意晴老師的講座知道馬偕和張聰明的相識過程，進而對兩人之間是否真的存有愛情產生疑問。

因你而學 ｜陳律伶

噹—噹—噹
熟悉的上課鐘聲響起
在小丘上或者榕樹下
學生們席地而坐
大自然就是你的教室
熟悉的上課鐘聲響起
教導神學、醫療、自然、社會
這是台灣第一所學校
理學堂大書院
熟悉的上課鐘聲響起
學生來自宜蘭的葛瑪蘭婦女們
這是台灣第一所女學校
淡水女學堂
你創造了學的機會
而我們也因你而學

　　在淡水讀書，不可不知馬偕在此的貢獻，他致力於學，興建了很多學校，教導許多知識，更創立了台灣第一所西式學校，馬偕給我們學習的機會，我們也因 他而有學習的管道提供我們學習，身在淡水讀書的我們，應該感謝他的努力以及付出，才有現在飽讀詩書的我們。

偉大的漂流者 ｜陳律伶

你是一位漂流者
帶著信仰與知識
淡水
是你上岸的地點
你雙手合十
願渺小的自己
有強大的力量
你是博士
你是傳教士
你是知識的開端
其實你更是
偉大的漂流者

｜詩情話憶

　　每次經過淡水老街，走到快盡頭時，總會看見一座雕像，一位留著鬍子的男人，雙手合十跪在船邊，前方擺了一本聖經，它在刻畫的是馬偕上岸的景象，馬偕帶給我們很大的影響，無論是知識還是信仰，即使他獨自一人，卻也發揮了很大的力量。他上岸的地方代表著開端，非常重要，因此想藉由此雕像，傳達馬偕對我們的重要，以及他的付出和貢獻是我們應該謹記在心的。

跋

編者的話

劉沛慈

　　進行現代詩賞析與習作課程數年，每屆學生都有不同的表現和獨特的風格，本年度很榮幸有機會配合校方的在地文創特色課程計畫，增色自己的教學內容。以往多會要求同學在單數週習寫一首詩繳交，期末產出個人的作品詩集，這學期捨去期中考後的作業，鼓勵大家集中火力於「馬偕主題詩」的撰寫。

　　一開始同學們聽到要正式出版詩集這回事，顯露出既緊張又興奮的表情：擔心有限的時間內對所知無多的馬偕該如何下筆；同時，也對最後的創作成果充滿了想像與期待。接下來的課程，我們帶班聽了王意晴老師的演講；駐校作家張芳慈老師親自指導學生賞詩、寫詩；此外，還有詩人王一穎，帶領同學走讀馬偕並進班分享詩寫的經驗及密技。藉此，同學們對馬偕和撰詩有了更深一層的認識之後，信心漸長、思緒更溢，便陸續展開各自的詩作進程。

這本詩集一共收錄了46首學生的作品，身為真理大學的學子們，依著馬偕在台灣於歷史、建築、醫療、宗教……等各方面足跡的印記，每人撰著1～2首詩，並附上了親自拍攝的相片和個別的創作理念。2019的歲末年終之際，汲取多樣化的題材視角，用詩句表述對馬偕的記憶與感謝，以詩情讚頌馬偕的恩澤，其中不乏同學們問心之佳作，這般成果著實令人倍感欣慰。

　　感謝學校特色計畫的支持，豐碩我的教學成果；感謝系主任錢鴻鈞教授的看重與信任，使我徜徉了一番成就；也感謝田啟文老師接納我們進班聽講，齊聚一堂共同學習成長；感謝王意晴、張芳慈、王一穎三位老師傾囊相授，給學生無比的信心與勇氣，完成詩寫任務；感謝萬卷樓出版社張晏瑞老師和陳胤慧小姐，在內文編輯與書體設計上的用心。最後，我要感謝每一位修習這門課的同學，謝謝你們這個學期以來的投入與配合，讓我們共同啟動了在地詩歌無限的創造力，我以你們為榮。

2019.12.19於淡水

文化生活叢書・詩文叢集 1301046

詩情話憶
——真理大學在地文創特色課程詩歌創作集

總 策 劃	錢鴻鈞
主　　編	劉沛慈
責任編輯	陳胤慧
發 行 人	陳滿銘
總 經 理	梁錦興
總 編 輯	陳滿銘
副總編輯	張晏瑞
編 輯 所	萬卷樓圖書股份有限公司
排　　版	菩薩蠻數位文化有限公司
印　　刷	百通科技股份有限公司
封面設計	菩薩蠻數位文化有限公司
發　　行	萬卷樓圖書股份有限公司

臺北市羅斯福路二段 41 號 6 樓之 3

電話 (02)23216565

傳真 (02)23218698

電郵 SERVICE@WANJUAN.COM.TW

香港經銷　香港聯合書刊物流有限公司

電話 (852)21502100

傳真 (852)23560735

ISBN 978-986-478-332-8

2019 年 12 月初版一刷

定價：新臺幣 260 元

如何購買本書：

1. 劃撥購書，請透過以下郵政劃撥帳號：

帳號：15624015

戶名：萬卷樓圖書股份有限公司

2. 轉帳購書，請透過以下帳戶

合作金庫銀行 古亭分行

戶名：萬卷樓圖書股份有限公司

帳號：0877717092596

3. 網路購書，請透過萬卷樓網站

網址 WWW.WANJUAN.COM.TW

大量購書，請直接聯繫我們，將有專人為您服務。客服：(02)23216565 分機 610

如有缺頁、破損或裝訂錯誤，請寄回更換

國家圖書館出版品預行編目資料

詩情話憶——真理大學在地文創特色課程詩歌創作集 / 錢鴻鈞總策劃、劉沛慈主編. -- 初版. -- 臺北市：萬卷樓, 2019.12

面；　公分. -- (文化生活叢書；1301046)

ISBN 978-986-478-332-8(平裝)

863.51　　　　　　　108022210